W0409882

# ÇA VA ?

Guido L Z

Collection Livre au carré

Ça va ?

En toute honnêteté, chose que j'affectionne particulièrement, si d'aventure cette question m'est posée, n'allez surtout pas imaginer que je vous réponde avec sincérité, bien que l'hypocrisie ne soit guère ma tasse de thé – le protocole m'oblige à tempérer les mots.

En effet, j'éviterais de penser à moult parasites qui peuvent me traverser l'esprit à longueur de journée. Vermines qui chahutent un silence ou une paix interne, avec les meilleures raisons du monde, du point de vue du poète. Je parle ici des gens aux manières de tueur à gage, les sans sens, ceux qui pensent encore que la domination sur autrui s'inscrit dans une perspective financière ou potentielle et vous regardent comme si votre existence ne valait pas un clou. Ces derniers sont sans doute ceux dont je me méfie le plus, car ils courent les rues sans cesse à la recherche de leur Graal nauséeux : notre regard qui, à leur contact, courbe l'échine, s'enfouit dans le sable de leurs désillusions, juste pour leur donner la réplique qu'ils veillent, au grain de nos tourments, pour l'ivraie de leur réalité.

Soyons sérieux deux secondes, si – toute chose étant égale par ailleurs – je ne réponds qu'approximativement à cette question pertinente, cela provient du noir, celui profond, qui existe et perdure, quels que soient la politique en place, les efforts sociaux, le combat pour la tranquillité de l'âme ou autres supercheries de la conscience. Car – et j'en appelle ici à votre lucidité – des femmes et des hommes dorment dans les rues à deux pas de chez moi. Parfois, ils fuient une guerre, celle à balles réelles, à laquelle ils refusent à raison de prendre part. Certains, pour un oui pour un non, se font passer à tabac par des truands à la petite semaine qui n'ont jamais fumé, et ce pour des clopinettes ; d'autres s'infligent une vie transie de paradis artificiels, défoncés qu'ils sont à devoir endurer le poids de responsabilités emplumées de désarroi. Quelques-uns considèrent la superficialité de leur être comme le moteur de la décapotable qu'ils conduisent, entretiennent, cajolent, parce que leur lit vide les invite à poser le pied gauche, plombé de frustrations, avant de considérer le capot de leur vanité émoussée, à l'essence des réussites bâclées, paresseuses, car tout avoir vite est bien plus intéressant que de travailler dur ; d'autres vous rappellent constamment que le choix que vous envisagez n'est pas le bon parce que le leur, qu'il soit dérisoire ou non, demeure la seule voie d'accès à la plénitude, œillère sans laquelle leur morale perdrait en chevaux.

Franchement, si vous croisez mon regard, à cette question posée, « ça va ? », et que vous entrevoyez mon regard faire un tour d'horloge avant de vous répondre, c'est que j'ai réfléchi aux choses qui comptent – sans boulier – à mes yeux : ma famille, mes amis, les projets en cours, ceux à venir. Et si je devais faire le micro tour d'horloge en votre compagnie, il se ferait que, concrètement, il survient toujours un truc qui ajoute du gris à cette toile colorée. La perfection et la plénitude saine, cette tranquillité inébranlable, ne durent jamais. Quelques taches ici et là. J'aurais beau y faire, me donner à deux cent pour cent, allez savoir pourquoi et comment, il y aura sans arrêt un truc qui fait que je ne pourrais pas vous dire, avec un sourire de gosse qui reçoit le jouet de ses rêves, que « oui ça va super bien, trop trop trop bien !!! »

Mais bon ! Faut quand même pas exagérer, j'ai appris à relativiser, et ça doit sans doute être là une chose cruciale que j'ai réussi à envisager. Parce que la vie est belle, pleine d'espoirs et de promesses, le verre à moitié rempli des noces fabuleuses qu'il nous est donné à tous de vivre à pleines gorgées – et bon sang ce que j'ai soif de tout ça : le sens qu'on donne à sa vie, qui nous fait avancer, un pas après l'autre, loin ou court, allonger la jambe, le sentier, puis l'horizon – le trésor de notre destination, inscrit déjà dans le feu des iris, crépitant au moindre soulier remplacé, la moindre écorchure désinfectée, la moindre plaie suturée, le moindre horizon délogé.

Voilà pourquoi je vous dirais – à donner ma langue au chat qui s'en fera un festin – que ça va bien, que la vie est belle, qu'elle n'a jamais été aussi belle. Parce que, heureusement, j'éteins mon regard – du moins le mets en veille – lorsque je croise tous ces parasites qui m'embrument, m'engluent, me figent, tentent de me faire tomber, à coups de machette dans les tibias. Oui, la vie est belle, car on se relève de tout, sans doute même de la perte de proches ou de soi, que certaines engeances ne relèvent pas de nos compétences, que sauver le monde, parfois, signifie simplement faire de son mieux pour devenir le grain de sable qui sied à la mer, que la houle ira et viendra sans nous, que les chalutiers l'emprunteront quoi qu'il advienne, et surtout que les sirènes me suggèrent encore de chanter leurs refrains durant le reste de mon existence. En gros, tirer son épingle du jeu – la vie, le jeu en question, est une affaire de priorités et de compromis : priorité car notre épingle n'appartient qu'à nous, compromis car il survient quelques fois que cette épingle est convoitée et qu'il faut la défendre bec et ongles, sang et eau, larmes et sueurs, surtout si c'est la nôtre et que *pas touche !*

Bon il m'arrive certes d'être faux cul, comme nous tous, et que les jours où j'ai solidement dégusté, à vomir marron dans vos chaussures, je vous dise malgré tout que ça pulse, je rayonne, ça cartonne, la vie n'a jamais été aussi belle. Détrompez-vous, ce sourire radieux qui n'apparaît que rarement sur mes lèvres, n'est là que pour le miroir, construit afin d'y refléter votre plaisir, audace, candeur, devant ce monde lacéré, mais debout, vu que visiblement VOUS allez super bien, trop trop trop bien !!! À croire que, par miracle, vous vivez dans un autre monde que le mien, un truc avec des ours en peluche qui vous offrent le gîte et le couvert chaque jour en échange de votre compagnie, sans doute parce que celle-ci suffirait amplement à leur faire oublier une seconde tout ce qu'on devrait jeter dans les oubliettes de nos perceptions pour ne voir que les couleurs éclatantes, que même le gris sur la toile est beau, que sans soute quelques notes de noir ajouteraient à la partition quelques notes de sucré-salé que votre éducation de gourmet haut de gamme étoilerait dans le Michelin. Vous en avez de la chance ! Mais vous me verrez déguerpir. Car je sais que nous vivons dans le même monde et que vous n'êtes pas l'imbécile heureux de la légende. Celui-là, en général, se fiche des livres ou de l'art, et de l'argent, et du regard des gens, et de la notion même de plaisir ou déplaisir, de bonheur et de désespoir. Car cette non conjecture sur les choses et les événements, il n'en a cure, ce qui le rend par essence imbécile heureux ; si vous lui demandez si ça va, il vous répondra, après une longue réflexion, qu'il n'a pas bien compris le sens de votre question – bon sang ce que j'apprécierais parfois être ce gars-là !

OK. Il se fait que je puisse aussi avoir de chouettes journées. Une naissance en famille, un livre qui sort, un ami qui ose se marier, une soirée qui arrive et s'annonce des plus sympathiques, un message qui me dit qu'une toile est magnifique, un filleul qui m'annonce qu'il va décrocher sa ceinture noire au judo, l'autre qui m'explique qu'il se prête régulièrement à lire, le sourire sur le visage d'un marmot qui est simplement content d'être là, un voyage organisé, un plat succulent sous les dents de la fourchette, un disque que j'ai cherché depuis deux ans et que j'écoute en boucle – la musique me sauve chaque jour qui s'écoule –, un verre partagé avec un inconnu à la conversation avenante, une ogive nucléaire sous les draps ou la douche qui conçoit le sexe comme un roman – en moult chapitres, courts ou longs, mais denses. Bref, une kyrielle de choses anodines qui, tout au long de la journée, me font m'exclamer que ça va bien. Car justement ces parasites de tout à l'heure, ici, n'ont aucune raison d'être. Ce sont des fantômes dans un manoir fangeux duquel je me suis essuyé les bottines avant de glisser sur le parquet des expériences et des événements.

Par ailleurs, j'en ai fait ma ligne de conduite. Je ne lis ni regarde plus les informations. Vous allez me traiter d'homme préhistorique dans sa grotte mais je préfère parfois ne rien savoir des parasites. Qu'ils restent éloignés de moi un maximum. Je ne veux pas savoir que des gens tuent, brutalisent leurs proches ou des animaux, que certains considèrent les gens ou le sexe comme un capitalisme à consommer, que certains joueurs de foot pourraient sauver, au tiers de leur honoraire, un pays ou des pays, voire un continent. Que la thune rend des gens d'apparence belle d'une laideur à laisser les iguanes arborer l'élégance des paons, que certaines canines sont tellement limées qu'à leur contact, il faut filer aux urgences, tellement on pisse le sang. Oui, croyez-moi, je me fiche bien de votre dévotion pour l'actualité ; je préfère m'en tenir éloigné et ne rien savoir. Ça, je l'ai déjà fait, et ça ne va pas. Mais bon ! La vie est belle, disais-je, n'est-ce pas ?

Oui, cette question qui brûle à chaque rencontre, le fameux *ça va ?*, vous, comment y répondriez-vous ? Parce que le truc – oui, il y a toujours un truc –, c'est que vu que nous savons les choses, vous et moi, et que nous ne sommes malheureusement pas des imbéciles heureux, je me demande parfois ce qui vous passe par la tête quand cette singulière question est posée, comme si de rien n'était, au début de notre conversation. Je préfèrerais un simple « Bonjour ! », savez-vous, mais bon il y a le « ça va ? »…

Par chance, entre amis, ce truc en question est éludé. On sait, quand on est en compagnie d'un tel proche, si précisément ça va ou pas. Ce machin protocolaire n'a aucune raison d'être énoncé puisque la réponse se lit sur le visage à mesure que la température est prise. Oui, les amitiés sont en corrélation avec les thermomètres de la fièvre ; ce qui somme toute est normal, ça les définit justement. À croire que pour entretenir ce genre de relations cruciales, il faut avoir étudié quelque peu la médecine, la psychologie, la sociologie, le sport, la culture, la politique, l'économie, les sciences dites exactes, un peu de théologie, et la bêtise humaine. Puis les thermomètres de la fièvre. Bac + 12. C'est chouette, les amis. Surtout s'il fait quarante degrés dans la tête. Ça gèle les conneries, et les idées carbonisées d'absurdité.

Bon. Il est probable que si la fameuse question est posée à un bon moment de la journée – nous sommes donc ici dans l'anecdote –, ça va vraiment bien. Du genre, je caresse un chat qui se met à ronronner comme s'il n'avait jamais été caressé auparavant. Si le chat est crasseux, claudiquant, pelé, ébouriffé, louchant, c'est encore mieux : ça voudra dire que je serai en adéquation avec la nature. Tout comme si la question m'est posée devant un champ de jacinthes ou de coquelicots, ou devant une fenêtre emplie, de l'autre côté, d'orchidées, peu importe leur couleur, par-dessus tout si elles en sont à une énième éclosion. Ça fonctionne aussi si je me trouve près d'un bel arbre, majestueux ou non, dont les racines imaginées rappellent à quel point nous sommes tout petits et devrions être ravis de vivre chaque saison après l'autre, tant dans l'attente du printemps, que lorsque les fruits se cueillent, que dans l'évanescence de nos mues, feuilles jaunies de nos corps. La nature permet une méditation – et non relativisation – sur cette question du « ça va ? », et de son insignifiance. J'aime à toucher l'herbe, effleurer les ronces, me frotter aux orties, murmurer aux fougères, embrasser une femme sous une branche de gui ; le vert s'agence harmonieusement avec le rose du creux de la main. Jamais je ne pourrai, en de telles circonstances, répondre par la négative à quelque question posée. Car je serai alors en communion. Le corps et le sang de la nature s'hume à chaque air frais, se touche à chaque rosée matinale. Bénie soit notre appartenance à la terre, quels soient les eaux de nos douleurs, les feux de nos passions, les tornades de nos soulagements et nos aspirations.

Bon. Il est également tout aussi probable que si vous me cassez les noix avec cette question quand, après une journée harassante, je ne trouve pas la clé de mon appartement, je vous réponde par un grognement. Ou si l'eau chaude vient à manquer sous la douche. Ou si je vous vois déambuler avec une allure de starlette, maquillée de la tête aux chevilles, tellement il serait risible de vous voir telle que vous êtes belle. Ou si vous me marchez sur les pieds alors que j'ai économisé comme un damné pour une belle paire en cuir. Ou si vous me dites que vous n'aimez pas les chats, les fleurs, les arbres, ou les ronces. Sans doute qu'alors – point question ici de parasites, et ce qu'ils signifient –, vous me verrez sincère : « non ça ne va pas, dégage, tu me soûles, rentre chez toi et va te laver, puis demande-toi pourquoi et comment on peut être aussi con. »

Quoi qu'il en soit, sans tomber ou vriller dans les extrêmes, il se pourrait simplement que je ne sois pas d'humeur. Du type, le soleil flatte les mansardes et l'âme des gens avec toute sa bienveillance et son pouvoir éternel. Or, il se fait que, ce jour-là, je n'ai simplement pas envie de le voir, ce foutu soleil – j'aurais sans doute écrit toute la nuit, ou mal dormi, ou reçu un appel de merde le matin, ou ton parfum pue – et je suis en attente de la lune et ses vertus aphrodisiaques, et donc, bref, pas d'humeur en somme à vous répondre : « oui, ça va bien, mais quelle chance avec le temps ! Quelle belle journée ! » Non, je vous jure, ce satané jour-là, j'en guette la fin, car il est de ces jours, à mes yeux, qui n'appartiennent qu'à la nuit. Et que si, parfois, j'ajourne ma réponse, sachez que je ne suis guère lunatique en celle-ci, passé le carillon du carrosse en citrouille. Car je recherche le soulier que j'ai peut-être perdu, ou que vous avez sans doute perdu, ou que je croie encore que les contes existent tandis que d'autres les piétinent – à tort ou à raison. Oui, croyez-moi, ce jour précis, ne perdez pas votre temps à poser de vaines et inutiles questions. Passez votre chemin ! Rendez-vous à la nuit, cher ou chère camarade, et il en sera autrement ; je vous le garantis sans facture, point de chiffre dans cette équation-ci. Portez-vous bien, et au revoir ! – à plus tard, en somme. Bête que je suis.

Il ne demeure pas improbable – par ailleurs – qu'un jour de sale pluie vilaine et dégueulasse, qui nous tombe en grasses gouttes sur votre tête et la mienne, je vous dise que ça va *over* bien. Il suffit parfois d'un sourire anodin, gratuitement décoché par un ange inconnu, ou que le café réchauffe, que le pain au chocolat soit doré par un four affectueux, qu'un proche pense à soi, que la déesse de la veille, bien incrustée tant dans chaque pore de la peau que dans la cervelle depuis des mois, décide de troquer sa superbe divinité contre une relation exclusive, que les mots glissent sur la page dans une danse suave, que je vous rencontre et vous parle, que l'hiver commence, que la poésie triomphe de l'or sans éclat et sans sang. Que cette chienne de pluie nous rassemble autour d'un abri exigu, qu'il ne soit pas nécessaire d'en relever l'essorage, que nous nous mettions à communiquer sur plein de sujets – épatants ou non, éloquents ou non – mais d'autres que le fait de savoir si nous allons bien, parce que, nom d'un chien !, nous sommes en vie, et que rien que pour cette raison, nous allons bien, qu'il ne devrait même pas être en suspens que nous pourrions aller mal.

Il est tout aussi non improbable que nous ayons cette guillerette conversation un jour de grand soleil – genre canicule estivale presque nerveuse – car vous et moi aimons flâner. Que la terrasse est charmante, tout autant que cette rencontre. Qu'apprécier la vie, souvent, et heureusement, ne se demande pas, il suffit d'être là, en compagnie ou non, solitaire, égaré, naufragé, ou non, blotti dans les pensées ou à la saisie de l'instant. Peut-être parce que ce moment se tient là, respire en nous, et que cet oxygène suffit à laisser poindre les sourires des yeux et des lèvres, en une musique tranquille, épanouie, sereine. Tandis que tout autour les vrombissements crachent le dioxyde carbonisé du stress, des exigences, des responsabilités, des conjectures, des maladies, des complexes, des frustrations, des cauchemars, des traumatismes. Mais que, là, en cet instant – ensoleillé ou non, finalement – il serait gravissime de le laisser être gagné ou dénaturé par le quotidien. Même s'il est là, ce quotidien, à attendre patiemment qu'on y revienne. Même si, chaque parasite, quelque part, colle à la peau et ne se savonne guère. Surtout si, en cet instant précis, lesdits parasites n'existent pas, ou plus. Je vous prie de croire que ces jours-là, quelle que soit la guigne du quotidien, le vôtre comme le mien, nous adorerons nous rencontrer. Car, certainement, à chaque jour suffisent les joies tout autant que les peines.

Il est évident, ceci étant écrit, que si je vous vois, ou vous me voyez, aller mal – genre crise d'anxiété, le teint pale, l'œil malade, ou au bord de l'évanouissement, il est hautement à considérer qu'il ne s'agisse plus de protocole mais bien de bienveillance médicale à votre endroit ou le mien, de sorte de rétablir, selon l'urgence, le remède ou la solution adéquate à une bonne santé, sans laquelle, vous comme moi pourrions être gratifiés de la sentence horrible de non assistance à personne en danger, chose qui, vous comme moi, puisque nous sommes de nature humaniste et d'une éducation civilisée, ne pourrions en aucun cas tolérer ou assumer. Il va de soi ici que le « ça va ? » n'a rien à voir avec le précédent et que toute lecture diagonale ou entre les lignes que vous seriez en mesure d'adopter sur quelques futilités supra-mentionnées – à tort ou à raison – perd ici son insouciance, chose normale puisque nous savons vous et moi alors que, précisément, cela ne va pas. Or, et c'est ça le truc, nous aimons entendre, ou voir, ou ressentir, que ça va.

Oui, c'est précisément ça le truc. Nous voudrions, quand cette question est posée, que tout aille bien dans le meilleur des mondes. Que nous en contions le pourquoi du comment, peu importe, la réponse affirmative suffit considérablement. Elle NOUS suffit amplement. Ça fait du bien quand tout va bien. Et ça dérange quand ça ne va pas. Vous comme moi. Non que nous souhaitions sauver le monde, il est flingué, point de temps à perdre, or l'autre, vous comme moi, si on peut améliorer quelque peu la situation, on s'y emploie, on s'y essaie, on s'y ennuie parfois, on s'y agace, on s'y perd, pourquoi le ferions nous ? En fait, c'est ça le truc, mieux vaut répondre par l'affirmative. L'autre s'y sent bien, confortable. Car tout flingué que soit le monde, l'autre nous dit qu'il va bien, alors ouf ! Ça va. Nous nous mettons à aller bien également. Grâce à ce miroir voltigeant de bonne vibration. Quelque part, cette question est égoïste : parce que nous voulons que ça aille bien, il dépend de la réponse – protocolaire – de l'autre, qu'il aille bien. À faire froid dans le dos quand on y réfléchit. Mais les miroirs gardent toujours derrière leur tain les parasites. Un peu comme le tableau dans la fable d'O. Wilde.

Quelques trucs pour que ça aille bien : être proche de la mer. Ou en montagne. Ou en forêt. Ou à la campagne. Ou en famille. Ou à pied en marchant. Ou en goûtant son plat favori. Ou en prenant un verre de vin en bonne compagnie. Ou en apercevant un oiseau s'envoler. Ou en frissonnant d'audace en s'évertuant à vivre son rêve. Ou en se moquant des revers de médaille ou de fortune. Ou en remarquant que l'argent parfois n'achète pas les belles choses. Ou en trouvant de l'eau quand l'eau vient à manquer. Ou le jour que nous considérons comme celui qui changera notre vie. Ou la nuit que nous improvisons de ne point dormir pour apercevoir l'aurore. Ou avoir chaud quand tout grelotte. Ou respirer. Ou prendre conscience de la chance de vivre. Ou tendre la main. Ou écouter de la chouette musique. Ou regarder un film éblouissant, une sculpture inspirante, un tableau provoquant. Ou la faire cette sculpture, le réaliser ce film, le peindre ce tableau. Ou accepter que le crépitement du cœur gouverne mieux que quelconque programme prémâché. Ou entrevoir de l'obscurité dans le clair et de la clarté dans l'obscurité. Et lire, qui sait ?, ou écrire. Ce n'étaient que quelques trucs. Sans doute m'appartiennent-ils ? Mais nous avons tous nos trucs pour aller bien, ou mieux, en nous. C'est indéniable, ça, et ça va bien de s'y apaiser.

Deux trois astuces ici pour que ça n'aille pas. De façon non exhaustive, bien entendu. Avaler un verre de lait avarié qui traîne dans le frigo depuis un mois. Traverser l'autoroute à pied, peu importe d'avoir regardé à gauche et à droite. Considérer votre interlocuteur comme un crétin, ou un sous-fifre, ou un débutant, ou lui lécher le cul. Cambrioler une banque ou une bijouterie avec des semi-automatiques. Boire dans l'ordre ou dans le désordre vodka, bières, rhum, gin, soda saturé en sucres, café, cognac, genièvre, whisky, avec un peu d'eau. Faire une blague cynique au policier qui vous contrôle. Laver du lin à soixante degrés. Vous rendre à un concert de musique hard-rock pour lire du Proust (ici disons que vous perdriez le plaisir de voir le groupe sur scène, surtout si la tournée européenne ne se fait pas tous les quinze jours). Vous asseoir sur le trône sans avoir préalablement constaté que le papier est en suffisance. Mentionner votre humeur sur les réseaux sociaux, chaque jour de l'année, et sans omission. Approcher un marteau d'un clou d'un geste vif, déconcentré par je ne sais quoi. Prendre l'air par moins dix degrés, en maillot de bain. Dire à votre partenaire, juste avant la baise, qu'il est grand temps qu'il ou elle se mette au régime. Penser encore que l'argent achète les cœurs en lieu et place de leur vice vénal. Sauter du cinquième étage en vous prenant pour un rouge-gorge. Dire à un champion poids lourd de boxe qu'il a une sale gueule et une dégaine de raté. Dévaler une montagne à vélo, les yeux bandés. Éviter le blanc des yeux de votre être pour la suprématie du paraître. Rentrer dans la cage du lion, au zoo, pour l'entendre ronronner. Pisser, du bord d'une piscine, directement dans la grande profondeur, un jour de match décisif de water-polo. C'était simplement deux-trois trucs à éviter. Parfois, d'y penser, ça peut aussi faire aller bien.

Franchement maintenant, et toute proportion gardée pour l'humour sarcastique, je vais tâcher ici de raconter pourquoi je vais bien. Chaque jour qui passe est un renouveau. Sans doute car je me réveille en me disant que j'ai de la chance d'être là. Que mes activités m'éveillent tant dans leur approche, dissection, et mise en œuvre, que lorsque je me promène et rencontre d'autres gens. Parce que j'ai la chance d'avoir des amis en or, ceux-là qui célèbrent l'existence tout autant qu'ils font face aux coups durs. Certainement parce que je suis chanceux d'appartenir à une famille aimante, bienveillante et compréhensive. Parce que j'aime ressentir certains horizons plutôt que de m'y rendre, et que, pour d'autres horizons, j'aime m'y rendre plutôt que de les ressentir. Par ailleurs, j'aime aimer les femmes ; il se fait que je jouis de l'opportunité, parfois, d'être aimé. Peut-être aussi parce qu'à une époque de ma vie, ça n'allait pas. Que le passé doit rester là où il est, sans déni, mais certainement sans mauvaise ou bonne nostalgie. Cette fièvre-là, si elle grimpe trop, se mue en mélancolie ; croyez-moi ne plus s'appartenir me fait encore froid dans le dos. De façon primale, parce que j'ai la chance de manger chaque jour, de respirer sans peine, de dormir sous un toit, d'être en relative bonne santé, de pouvoir observer le ciel s'allumer ou s'éteindre, et que mes choix, quels qu'ils puissent être, sont les miens. Que j'ai également compris quatre-cinq trucs, mais surtout que je m'étonne régulièrement d'en apprendre d'autres. Que j'aime l'Art et que celui-ci me le rend bien. Puis – assurément – que le bonheur d'être en vie peut à lui seul suffire, parce que rien ne rattrape le temps gaspillé, ou brûlé, que les regrets et les remords rongent quand les actes manqués pullulent. Qu'il sert, tôt ou tard, de dire aux gens qu'on aime qu'on les aime ; que le reste importe peu, finalement.

◆

Tout ceci n'est possible qu'en vertu de la santé. Sans doute est-ce là la chose la plus cruciale, la plus essentielle de la vie. Mourir nous concerne tous, quelles que puissent être nos croyances. Je dois reconnaître que je considère l'être au-delà du conditionnement corporel, et de sa dégénérescence. En revanche, je conçois, avec humilité, que dès lors que la souffrance physique devient trop invasive et empêche toute activité, toute réflexion, tout sommeil, tout plaisir, il est disconvenant d'arguer sur quelque banalité de bien se porter. C'est sans doute en raison de cette précision majeure que je peux affirmer que je vais bien, chaque jour qui s'égrène, sans la moindre inconstance, jusqu'à aujourd'hui. Des choses sales, des gens qui souffrent, si ce n'est nous-mêmes – et je promets ici au lecteur que la souffrance, je peux en parler – font partie du quotidien, de façon permanente. Mais il y a une chose, belle et simple, quelque part, qu'il nous advient à tous de pouvoir apprécier : celle qui nous meut et nous fait ouvrir des yeux pétillants. Cette chose est inscrite en chacun de nous. Toute petite quelques fois. Mais présente. Cette chose murmure, palpite, éclot, sommeille, est gelée, peu importe ; à force de vouloir l'atteindre cet horizon-là, en nous, et non de simplement le ressentir, on devient, puis on est, tout en devenant. Et ce voyage-là, un peu sacré, ne peut nous faire qu'aller bien.

◆

Si je devais conclure, ou clore cette parenthèse, je me risquerais à penser aux quelques personnes que j'ai pu connaître par le passé et qui ont décidé d'en finir. Puis, bien évidemment, je penserais à celles qui se sont battues, avec leurs armes, avec leurs hontes, avec leurs sourires, avec leur énergie, pour me faire comprendre qu'aller bien ne dépend, somme toute, que de soi. De la façon dont on regarde le soleil briller ou la nuit surgir. De ce diamant qui est posé là sur le bout du nez, ou dans le creux de la main, et qu'il nous plaît parfois de ne pas l'admirer, ce diamant-là. Car s'il ne brille pas, s'il est d'un noir parfois intense, ou s'il rayonne de mille feux, l'important – l'essentiel – est qu'il soit là. Et je vous prie de croire que ce diamant n'est visible que selon les prismes de nos propres couleurs, au diapason de nos partitions, au sucré-salé de nos vies, tissées au fil du temps. Aller bien, dans le fond, n'est qu'une perspective, ou un point de vue, rien de moins, ni de différent.

Il y a à peine douze heures, j'étais foudroyé par une migraine moche. J'aurais pu, si elle avait perduré, penser à me vider la cervelle, goutte après goutte, chair après chair, pour faire gicler et sortir la douleur. J'ai eu la chance de boire de l'eau, en quantité, une bonne âme m'a tendu un comprimé, je suis rentré, j'ai mangé à ma faim, je me suis écroulé du week-end, beau mais éreintant que j'avais vécu, de la semaine éreintante que j'avais connue, d'un mois pas à piquer des vers. Puis, j'ai dormi cinq heures sans rêves. Je me suis réveillé comme un chien se réveillerait – en constatant la joie d'être encore là. Il était vingt-trois heures. Je me suis fait du café, me suis entretenu avec mon colocataire, ai fumé deux-trois cigarettes. Puis, je me suis rappelé que ce thème – « Ça va ? » – m'attendait. Il est six heures du matin. Je suis ravi d'avoir fait cette promenade nocturne tant sur le fil des pensées et considérations, que sur celui des heures, de café en café, d'une cigarette à l'autre, d'un album génial que j'ai écouté, ce faisant (*Lateralus* de Tool), à la pression de la pulpe des doigts sur le clavier, et du son métrique qui en provient lorsque les mots viennent, chantent presque, à mesure que le développement suit une introduction, et que la conclusion se glisse devant mes yeux comme une révérence.

Si, à cet instant précis, vous me posiez cette question sensible, je ne vous répondrais plus. Peut-être que vous devineriez correctement. Peut-être pas. Je m'en moque, croyez-le bien. Car ceci n'appartient qu'à soi. De même sorte que, sans doute, si je vous la posais, cette question bizarre, je ne chercherais pas à savoir si vous mentez ou dites la vérité, si vous jouez ou sur-jouez, ou bluffez. Ce jeu-là, promis, est inintéressant. Je lui préfère les regards. Ils parlent tellement mieux.

**Du même auteur :**

*Le Concours page blanche (roman)*
*L'indulgence du vent (recueil de nouvelles)*
*Le faiseur de lampe (conte illustré)*
*Entre le turquoise et le parme (roman)*

**Retrouvez aussi dans la même collection**

*Métro, boulot, dodo* de Jessica Lefèvre
*Départ* de Elide Montesi
*Elle se soigne maintenant* de Elide Montesi
*Il n'y a rien à voir, circulez !* de Patricia Duterne
*Toujours éviter de dire toujours* de Jean-Louis Piersotte
*Vivre* de Jean-Jacques Richard
*Ça va ?* de Guido L Z
*Saperlipopette* de Juliette Nothomb
*Les chaises roulantes* de Ziska Larouge
*Zéro Pépin !* de Carine Chavanne
*Amour* de Anne Victoria Henrard
*Une Vie Rêvée* de Olivier Papleux
*Une Idée en l'air* de Pierre Ost
Evil Woman de Marie-Isabelle Tasset
L'ombre du zèbre n'a pas de rayures

https://acrodacrolivres.com

# Guido L Z

# Ça va ?

Toute ressemblance avec des personnages existants
ou ayant existé serait purement fortuite.

Conception couverture © Virginie Cazin - Bou Bounoider
Mise en page © Virginie Cazin

ISBN : 9782870360095
Dépôt légal : D/2019/13.587/C4

Pour le compte des Éditions Acrodacrolivres
à Tilly, Villers-la-Ville, Belgique
2019

Tous droits de traduction, de reproduction et d'adaptation réservés pour tous pays.

L'œuvre est propriété de l'auteur.

Imprimé en Europe